Dortje Anders

Auf

dem

Seeweg

illustriert von Antonia Mitte

Dezember 2010

Umschlaggestaltung: Antonia Mitte

Illustrationen im Buch : Antonia Mitte

www.dortjeanders.de

Herstellung & Verlag:

Books on Demand GmbH, Norderstedt

ISBN 9783842338166

Gute Reise, Laura

„Ein Schiff, das im Hafen liegt, ist sicher.
Aber dafür werden Schiffe nicht gebaut."

(Englisches Sprichwort)

Prolog

Wo ist dein Hafen
wo dein Anker
dein Kompass
über Bord gegangen?

Ziellos treibst du
in den Wellen
schlingerst und kein
Land in Sicht

Gehst du runter
unter Deck
versteckst in der
Kajüte- dich

Hier unten gibt es
keine Zeit
willst nicht wachen
kannst nicht schlafen

Dein Boot wohin mag
es wohl gleiten?
Wellentanz,
es schaukelt, wiegt dich

Rhythmischer wird
dieser Klang
der Wellen
der von außen dringt

Bleib nur dort
noch ein Weilchen
überlass das Steuerrad
dem Wind

der deine weißen
Segel bläht
und dich in
eine Richtung bringt.

Schiffstau

Schiffstau

An diesem Ort gibt es
keinen Anlegesteg für dich,
gab es noch nie auch wenn
die Sonne tief stand und
Spiegelungen auf dem Wasser
es beinahe so aussehen ließen,
als würde dort ein Steg entstehen.

Du hast oft gezögert,
hier vorbeizukommen,
nie wissend, ob du solch eine
Erscheinung erblicken wirst oder
ob dir die nackten Felsen entgegenschauen
die nicht einmal von den Wellen
deines Bootes erreicht werden.

Manchmal bist du dann
einfach weitergereist
hast nur zaghaft gewunken
aber oft hast du deine
dicke Rolle Schiffstau genommen
und hast versucht,
ein Seil auszuwerfen.

Das Gewässer ist hier tief,
es ist schwer, einen Anker zu setzen
und die See ist rauh
aber du bist wie ein Seeadler
immer wieder deine Kreise geschippert
und eines Tages hattest du
einen Felsvorsprung erwischt

wie mit einem Lasso
und dein Boot daran eingeholt

Du konntest dort nicht bleiben
wenn die Wogen zu hoch schlugen
musstest du wieder ablegen,
in Gefahr, dass dein Boot
an den Klippen ein Leck bekommt
aber es war eine Herausforderung,
es immer wieder zu versuchen.

Jedes Mal von Neuem
das Schiffstau auszuwerfen
war zu schwer,
deswegen ließest du die Schlinge
um den Felsvorsprung gelegt,
du hast das Seil
 zurückgelassen

und es bei deiner Rückkehr stets
im Ozean gesucht, um es
wieder aufzunehmen
und dich Richtung Land zu ziehen
hast am Felsen gekauert und
das Tau immer mehr ineinandergesteckt
zu einem festen Knoten

Aber immer wenn du versucht hast,
an Land zu gehen,
bist du auf der glatten Eisdecke
ins Rutschen geraten
und je näher du der Anhöhe kamst,
desto gewaltiger bist du zurück geschlittert
zurück zum Knoten, zum Seil, zurück zum Boot.

Fest entschlossen, dieses Mal
bis auf den Hügel vorzudringen,
hast du dir Trekking-Stiefel angezogen
beide Füße fest aufs Eis gesetzt
in dem Vorsatz, dich dieses Mal nicht weggleiten zu lassen
und hinter den Berg zu sehen, zu verstehen,
warum die Begegnung mit diesem Land

so schwer ist

Du hast das Schild nicht gesehen
-Achtung; Lawinengefahr-
und die Schneemasse traf dich mit voller Wucht
und schleuderte dich ins Meer;
du bist an Bord geklettert
hast mit nassen Sachen auf dem Deck gekauert
und hinübergeblickt

Da lag jetzt das Boot,
das Seil straff gespannt
das Land schwerer zu betreten
als jemals zuvor.
In eine warme Decke gehüllt
stehst du an der Reling;
unfähig, das Seil zu kappen und fortzufahren;

du könntest es nicht ertragen,
irgendwann einmal vorbeizufahren
das lose Ende im Wasser treiben zu sehen
oder das ganze Tau,
vielleicht losgelöst von einer weiteren Lawine,
im Meer versinken zu sehen;
Untergang aller Bemühungen.

Du bist noch einmal mutig.
Von deinem Schiff nimmst du dir
eine Fahne mit,
klemmst sie
zwischen die Zähne,
balancierst
auf dem straffen Tau hinüber.

Je näher du kommst, desto
mehr fällt die Temperatur und
von der Lawinenschneise aus,
wo du gegangen bist,
den Hügel erklimmen wolltest,
siehst du links und rechts
feine Risse im Eis.

Du kletterst an Land,
beugst dich vornüber und
deine Fahne steckst du
in eine Eis-Spalte.
Dann löst du Stück für Stück
den Knoten aus dem Tau,
noch einmal durchstecken,
                    noch einmal rumdrehen,

wieder durchstecken;
bis du wieder nur ein
loses Ende hast
daran entlang schwimmst du
zurück zu deinem Boot
holst das Tau ein
legst dich schlafen.

Immer wieder schreckst du hoch
schaust nach, ob dein Seil da ist
ob der Knoten wirklich gelöst ist
jede Welle treibt dein Boot
ein Stück weiter weg
bei Sonnenaufgang
schaust du ein letztes Mal
                    zurück

Sicher wirst du wiederkommen
und nachsehen, ob das Eis geschmolzen ist
und deine Fahne, statt so trotzig
in der Spalte zu stecken
vielleicht eines Tages auf einem
Steg liegt
aber eins hast du verstanden:

Wer Lawinen schickt,
kann die Eisdecke nicht brechen lassen
und sehen,
was sich darunter verbirgt
und wer die Sonne nicht
sein Land wärmen lässt,
macht es einem Besucher sehr schwer.

Aber an Deck liegt
aufgerollt wie
eine Spirale
ein großer Haufen Schiffstau,
stille Reserven.

Straffe deine Segel,
gehe an Land, wo es
leicht und bunt ist
wo die Wildblumen wachsen
du darfst dir etwas mitnehmen
dann kehre heim,
streue die Blüten auf deinen Steg

wer weiß
vielleicht steht der,
der jetzt nichts ahnt und denkt,
das Eis halte sein Land zusammen,
eines Tages
auf seinem Dampfer
und schaut zu dir herüber

Du nehme dein Tau
schlinge es fest
in deinem Hafen
betrete die Landungsbrücke
sei zuhause.

Schlafe viel,
dein Schiff liegt wieder sicher vertäut an,
schlafe gut.
Erhole dich, genieße die Stille,
empfange Besucher,
bringe dein Segelboot in Ordnung
werde wieder neugierig,
wohin deine Reisen
dich noch so führen mögen.

Und achte gut auf dein Seil.

Fahrrinne

Fahrrinne

Natürlich kannst du
in der Fahrrinne bleiben
hast du einen täglichen
Fährverkehr gewählt oder
bist du unterwegs
auf einer Kreuzfahrtroute?

Es sind die Untiefen und die
Wellen, die auch mal etwas höher schlagen
die dich lieber in sicheren Gewässern schippern lassen
es sind die Weiten und die
Möwen, die sich an keine Route halten
die dich in unsichere Gewässer locken
und immer häufiger hältst du Ausschau...

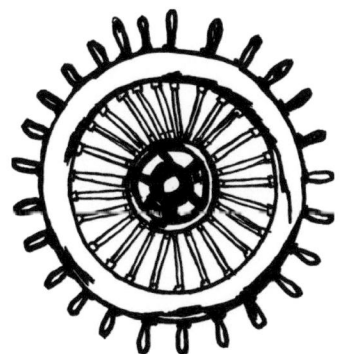

Sei mutig,

    wage den Weg ins Ungewisse.

Sei sicher,

    dass du nicht der einzige bist, der sich auf den Weg macht.

Sei nicht tollkühn,

    lenke dein Steuerrad mit Bedacht

Sei unbeirrbar

    wenn Boote dir entgegenkommen

Sei aufmerksam

    was sie berichten

Sei nicht verzagt

    auch der Weg ist das Ziel

Sei gelassen

    beim Umschiffen von Hindernissen

Sei geliebt

    von den Gefährten der Meere

Sei frei

    deinen Kurs zu korrigieren

Sei großzügig

    beim Einladen von Wegbegleitern

Sei gewiss

    dass nach der Ebbe die Flut kommt

Sei unverhofft

    glücklich.

Baden

Baden

An manchen Tagen
stehst du an Land und
der Ozean sieht sooo groß aus
die Brandung schlägt heftig gegen deinen Steg
und das Meer hat die Farbe
von schwarzem Obsidian

An diesen Tagen
musst du nicht baden gehen.
Du kannst an Land bleiben
vom Steg aus den Wellengang besehen
die Gischt an deinen Füßen spüren
den Wind durch dein Haar wehen
und das Kribbeln auf deinen Wangen

An diesen Abenden
musst du nicht an der Landesgrenze bleiben
du darfst dich zurückziehen
ins Landesinnere
eine Fackel entzünden
in eine Decke gehüllt
angelehnt an eine alte Linde

In diesen Nächten
musst du nicht draußen schlafen.
Suche dir eine geschützte Höhle
denke an ein liebes Wort,
eine lustige Erinnerung
und erst als drittes wieder an den Sturm
siehst du, er ist nur EIN Teil in deinem Leben.

An manchen Tagen
stehst du an Land und
der Ozean funkelt in der Morgensonne
die Wellen umspielen sanft deinen Steg
und das Meer hat die Farbe
von blauem Topas

An diesen Tagen
kannst du schwimmen.
Lass dich ins Meer gleiten
von den Wellen umspült
wärmt die Sonne dein Gesicht
bevor du hinabtauchst
in dieses bodenlose Glück

An diesen Abenden
kannst du am Strand bleiben
lege dich in den noch warmen Sand
auf den Rücken
mit ausgebreiteten Armen
schaue dem Farbenspiel
des Himmels zu

In diesen Nächten
warte nicht, bis es dunkelt
ziehe dich zurück hinter den Deich
und rechne nicht die Wahrscheinlichkeitsformel
welche Farbe das Meer morgen haben wird
spüre der Wärme nach
und traue dich zu träumen.

Spiegelbild

Spiegelbild

Dir ist grade
gar nicht danach, in See zu stechen
aber auch
in deinem Land fühlst du dich nicht richtig zuhause.
Tigerst
auf und ab und hin und her sonst
liebst du
oft dieses runde deiner Insel, als Geborgenheit
aber
grad kommt es dir vor wie ein Ödland, dazu lächerlich
klein
auch das Umherwandern macht dich nicht ausgeglichener
eher
scheint sich deine Unruhe mit jedem Schritt zu vermehren.
Klug ist,
zu wissen, dass man diese Unruhe nicht mit auf See nehmen sollte.
Weise
ist, wer standhaft bleiben kann und nicht auf sein Schiff geht und flüchtet
schlau
ist, wer sich auf seinen Steg setzt, die Füße ins Wasser baumeln lässt und
abwartet
bis der Kopf leer scheint und die Gedanken sich im Wasser
spiegeln
bis eine Idee wächst und Formen annimmt
so lange

bleibe sitzen, habe viel Geduld mit dir selbst

siehe

in das Spiegelbild deiner Gedanken, wie sie auf dem Wasser

funkeln

dann lass sie los, übergib sie dem Meer, du

brauchst

sie nicht festzuhalten; und wenn du sie brauchst,

dann

nicht an Land, dort soll Frieden sein

unterwegs

auf See sei sicher, wirst du sie

wiederfinden.

Gepäck

Gepäck

Warum nur
siehst du an manchen Tagen
den endlos weiten Ozean
vor dir
als eine mühsame Wegstrecke,
die unendlich scheint?

Warum nur
glaubst du so genau zu wissen,
dass du noch so unzählige Male
mit Stürmen und
Unwägbarkeiten
zu kämpfen haben wirst?

Warum nur
mühst du dich,
immer volle Kraft voraus zu fahren
und hältst nur an, wenn
das zusätzliche Rudern
dich ganz ermattet?

Du bist doch
schon so weit gefahren.
Schau dir die Vögel an,
auf ihren Flügen,
wie sie Rast machen
auf deiner Reling.

Du bist doch
schon so weit gefahren.
Schau dir die Wolken an,
wie sie ziehen,
wie sie treiben,
wie sie windstill am Himmel stehen.

Du bist doch
schon so weit gefahren.
Drehe dich um
schaue zurück
wie viele Seemeilen
hinter dir liegen.

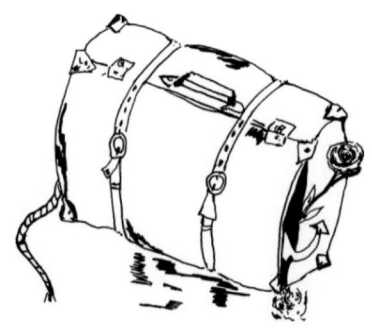

Es ist wichtig,
dass du nicht nur
auf deiner Insel zuhause bist
auch unterwegs auf See
brauchst du
etwas Insel

Es ist wichtig,
dass du nicht nur
schnell vorankommen willst
auch unterwegs auf See
brauchst du
etwas Hafen

Es ist wichtig,
dass du nicht nur
manövrierst und rüstest für den nächsten Sturm
auch unterwegs auf See
brauchst du
etwas Strand

Packe
zu Beginn einer Reise
nicht zu viel ein.
Sonst hängt dein Boot
zu tief
im Wasser.

Packe
zu Beginn einer Reise
nicht zu wenig ein.
Sonst läufst du Gefahr,
nicht heile
wieder anzukommen.

Packe
zu Beginn einer Reise
alles ein, was du brauchst.
Etwas Sand,
eine Blume,
einen Anker.

Inselleben

Inselleben

Was ist denn mit
  deinem Schiff passiert?

Da bist du aber in
  einen heftigen Sturm geraten.

Du hast das zerrissene Segel abgenommen
um deine Schultern gelegt
und die Wellen haben dich
zu deiner Insel getragen

zum Glück nicht weit,
so dass das Leck an Steuerbord
dich nicht schiffbrüchig machte,
konntest an deiner Insel stranden...

Du hast dich kurz umgeschaut
um den Schaden zu begutachten, auch unter Deck
alles ist durcheinandergewirbelt, manches kaputt
und du fühlst dich nur noch seekrank...

Torkelst ins Landesinnere
lehnst dich an die alte Linde
immer noch in das Segeltuch gehüllt
lässt du dich am Stamm herabsinken...

Dann musst du nochmal
raus zum Meer;
du kannst doch das kaputte Boot nicht
so einfach vorn am Strand stehen lassen

Du drückst am Heck und zerrst am Bug
watest durchs Wasser und
schiebst das Boot von Grund
ziehst es am Seil in eine geschützte Bucht...

Nach dieser Anstrengung lässt du dich
am Strand in der Bucht einfach fallen
aber hier magst du nicht bleiben
und machst dich erneut auf den Weg zur Inselmitte...

Es ist nicht mehr dasselbe.
Es wird nie mehr dasselbe sein.
Dein Boot ist kaputt,
selbst deine Insel ist
nicht mehr dieselbe
weil du weißt, dass in der Bucht
versteckt dein kaputtes Segelboot liegt
und der leere Hafen...

Ich kann dich so gut verstehen
Wie gerne würde ich
eine Hand auf deine Schulter legen
und dir sagen:
Wenn du nur lange genug wartest
kannst du zum Strand gehen
und dein Boot wird wieder
heile sein

Wie gerne würde ich dir sagen
Ich passe auf, ich fahre an deiner Insel,
der Bucht vorbei und wenn ich sehe,
dass dein Boot wieder heile ist dann
komme ich vorbei an Land und
reiche dir die Hand zum Zeichen
dass du einsteigen kannst und
unbesorgt wieder losfahren...

Ich wünsche dir viel Besuch
  und dass du ihn kommen lassen magst
  du sollst nicht alleine bleiben
Ich wünsche dir jemand,
  der am Abend mit dir ein Lagerfeuer entfacht
  und dem du von dem Sturm erzählen kannst
Ich wünsche dir Nadel und einen festen Faden
  damit du nicht wie gelähmt an deiner Linde kauerst
  etwas tun, etwas beginnen kannst; das Segeltuch flicken
Ich wünsche dir den Mut, den du
  für den Entschluss brauchst, aufzuräumen
  in deinem Schiff, in deiner Kajüte
Ich wünsche dir jemanden
  der dir Blumen streut
  auf dem Weg bis zur Bucht
Ich wünsche dir,
  dass gutes Holz angespült wird
  und trocknet in der Sonne, um das Leck auszubessern
Ich wünsche dir,
  dass du alle Scherben von deinem Kompass findest
  und zusammenpuzzelst und er dir wieder Norden und Süden anzeigt
Ich wünsche dir,
  dass du Frieden findest auf deiner Insel
  und es keine Stelle gibt, die du nicht zeigen magst; kein geteiltes Land
Ich wünsche dir,
  dass du es dir gemütlich herrichtest in deiner Kajüte
  und dein Boot wieder im Hafen liegt

Ich wünsche dir,
    dass du die windgeschützte Bucht
    zu einem deiner Lieblingsplätze auserkoren wirst
Ich wünsche dir,
    dass die Blumen auf dem Weg
    gesät haben mögen
Ich wünsche dir,
    dass aus dem ersten vorsichtigen Umrunden deiner Insel
    wieder ein Seeweg wird.

Es wird nicht mehr dasselbe sein.
Aber es wird eh niemals mehr dasselbe sein.
Du kannst nicht die Zeit zurückdrehen
und anhalten bei „vor dem Sturm"
Und du kannst auch nicht so tun,
als hätte es den Sturm nicht gegeben.
Du weißt es doch besser.
Aber du kannst auch etwas gewinnen:

Du wirst nicht mehr vorbei fahren
  wenn du auf einer Insel ein
  gestrandetes Boot entdeckst
Du wirst nicht Tag für Tag und
  Reise für Reise als ein
  Einerlei empfinden, sondern Besonderes sehen
Du wirst nicht achtlos
  jemandes Insel betreten ohne zu bemerken,
  dass sein Boot nicht im Hafen liegt
Du wirst nicht prahlen, keinen Stolz empfinden
  beim Anblick eines Wracks
  darüber, wie viel besser dein eigenes Boot aussieht
Du wirst nicht neidisch sein
  auf die weißen Segelyachten
  die in voller Fahrt deinen Weg kreuzen

denn du hast einen Sturm überstanden.

Du wirst sehen, wo die schönsten Blumen wachsen,

da sind sie auf einem Weg gesät,
   auf dem jemand gegangen ist, um etwas wieder zu heilen
da hat er sie mit seinen Füßen
   an die Erde gedrückt
da ist die Saat aufgegangen
   in der Wärme in fruchtbarer Erde
da wuchsen sie ans Licht
   unter den Tränen des Himmels
da gingen die Knospen auf
   im Sonnenschein
da blühen sie
   das ganze Jahr über.

Und du kannst sie sehen.

Scheinpiraterie

Scheinpiraterie

HALT!
Bevor du noch mehr Bäume fällst auf deiner Insel
halte inne-
meinst du nicht, du könntest sie auch auf deiner Insel noch brauchen?
Ich verstehe, was du tun willst
eine zusätzliche Außenschicht für dein Boot
doppelt beplanken
als Schutz damit kein Wasser je mehr
in deine Kajüte dringen mag
kein Leck mehr so tiefen Schaden anrichten kann
du allen Stürmen trotzen kannst-
dein Boot soll stark und sicher sein

Aber wird dir das reichen?
Was wird dir dann Schatten spenden?
Du wirst dir einen Sonnenbrand holen,
auf dein Schiff vor der Hitze flüchten
Und deine Insel, jetzt kannst du es nicht sehen,
außer ein paar trockenen, braunen Pflanzen
Aber Jahre weiter wird das Ausmaß verheerend sein.
Was willst du dann machen,
wenn deine trockene Insel verwaist,
wenn Sonne und Wind den trockenen Sand verwehen?
Weißt du nicht, wie viele Jahre es dauert, neu anzupflanzen
bis ein Baum groß genug ist, um Schatten zu spenden?

HALT!

Bevor du deinen Pinsel erhebst

halte inne-

hast du dir gut überlegt, ob wirklich ein Totenkopf deine Segel zieren soll?

Ich verstehe, was du tun willst

ein blutrotes Piratensegel willst du haben

es soll gefährlich aussehen

als Schutz, damit sich keiner mehr traut

einen Zusammenstoß mit dir zu provozieren

dir zu nahe zu kommen

oder gar dein Schiff entern zu wollen-

dein Boot soll jeden abschrecken, der Übles im Sinn hat.

Aber wird dir das reichen?

Es mag sich überschaubarer, dein Seeweg besser planbar anfühlen

du wirst erleichtert sein,

alles mag in Vergessenheit geraten, verblassen

Und dein Seeweg, jetzt kannst du es nicht sehen,

jetzt willst du gar nicht „inseln", kein Neuland entdecken

Aber Jahre weiter wird das Ausmaß verheerend sein.

Was willst du dann machen,

in Einsamkeit und Langeweile, wenn du dir weiße Segel zurücksehnst?

Dann kannst du sie nur noch schwarz färben, damit man

dein Tattoo nicht mehr sieht, oder die Segel einholen-

wirst du dann noch genug Kraft zum Rudern haben?

Willst du das wirklich?

Oh sei dir sicher, einen sicheren Seeweg gibt es nicht

du hast dein Boot, du hast deine Insel
Und kommt ein Sturm
kannst du doch nichts tun; wird deine Farbe,
dein Piratensegel, dein ganzes Holz dir nichts nützen
Und kommt kein Sturm
hast du deine ganze Zeit mit einem
unsichtbaren, vermeindlichen Krieg verbracht
Willst du das wirklich?
Oh stelle dir vor, wenn jeder aufrüsten würde-
Du hattest doch auch mal einen anderen Traum!

Nimm das Holz
jener Bäume
die bereits gefällt
lade ein
zu einem großen Lagerfeuer
Nimm die Farbe
anstatt des Totenkopfes
überlege gut, was du
auf deine Fahnen schreiben willst
deine Segel lasse weiß
–
mache ein Update deiner Träume.

Auch ich habe eine Axt benutzt
meine Bäumchen wachsen; die alte Linde
habe ich zum Glück nicht übers Herz gebracht, abzuholzen
so dass das Holz nicht für das ganze Boot gereicht hat
Auch ich habe einen Farbtopf benutzt
und schrubbe immer noch das Deck; denn meine Farbe
war zum Glück nicht wasserfest, ist auf dem Seeweg herabgeregnet;
etwas davon sieht man noch
Aber nichts davon hat mich geschützt
es hat sich nicht gelohnt
für Holz gibt es keine Abwrackprämie
und für dein Segel kein Ersatz

Schau wer dir begegnet,
vielleicht mit gleicher Fahne fährt
wo es zueinander passt
wo man ein Stück gemeinsam fahren kann
Schaffe dir geliebte Seewege
riskiere das „inseln",
auf dass du schon beim Ablegen
Vorfreude auf den nächsten Besuch hast
Achte auf dein Boot
ohne doppelte Schicht wirst du erkennen,
wann das Holz zu feucht wird
und es Zeit ist, auf deine Insel zurückzukehren.

Es gibt schon genug Scheinpiraten
schwer genug zu unterscheiden,
wo Böses lauert, wo Gutes versteckt ist
Es gibt schon genug Ödland
verwaiste Inseln mitten im Meer
kahl und farblos, Niemandsland
Es gibt schon genug Geisterschiffe
die nicht mehr nach dem Weg fragen konnten
weil sich ihnen keiner mehr nähern mochte
Es gibt schon so viele Schätze auf dem Meeresgrund
gesunken weil ihr Schiff auseinanderbrach
für ununterbrochenen Einsatz einfach nicht gebaut.

Sei du ein Schatz,

der sich frei und revolutionär
auf den sieben Meeren bewegt
der weiß, wo
der sichere Hafen ist
der immer eine Kastanie in der Tasche hat,
um sie auf ein Ödland zu werfen
der anderen die Chance gibt
bei sich zu inseln
dessen Segel sich im Wind bläht
wie eine Friedensfahne
der seine Geschenke, ob Boot, ob Insel,
zu schätzen weiß

unterwegs zu unbekannten Abenteuern
        unterwegs zu sich selbst.

Abgereist

Abgereist

Zeit zum Verabschieden
wieder einmal
ich schaue dir noch nach
bis der weiße Punkt,
der dein Segel war,
meinem Blick enteilt ist

Unsere Boote
sahen schön aus
nebeneinander in meinem Hafen
aber nun musst du zurück
zu deiner eigenen Insel
deinen Seeweg fahren

Am liebsten hätte ich gesagt
Bleib doch hier
meine Insel ist groß genug
ich teile sie gern mit dir
und wahrscheinlich wäre deine Antwort gewesen:
Und wie soll ich dann meine Insel teilen?

Und das stimmt,
wenn ich bei dir zu Besuch war
hat es sich anders angefühlt
auf deiner Insel
und auch war es anders,
wenn wir uns unterwegs auf See begegneten

Gestern Abend saßen wir noch am Strand
der Sand war noch warm
und stellten etwas wehmütig fest
mit Blick auf das Meer
dass man doch niemals eine Welle
genau gleich sieht, auch wenn es dieselbe ist

Auch wenn man nebeneinander sitzt
gleichzeitig aufs Meer schaut, sieht es jeder anders
für diese Szene hätte ich gerne eine Repeat-Taste
denn die Wehmütigkeit wurde lebendig
im Vergleichen und Details über verschiedene Wellen
wandelte sich in Lachen, löste sich in Wohlgefallen auf

Ein Rundgang noch über die Insel
dann geht auch meine Reise weiter
und ich steche wieder in See
ein bisschen Sand von der Düne,
an die wir uns lehnten
kommt mit ins Gepäck

Da liegt auch noch die Weinflasche
leer und umgekippt, schon versandet
Flaschendrehen- zeigt der Hals, wo du gerade bist?
Ich hoffe es war nicht die letzte, die wir teilten
denn die Sandkörner dieser Erinnerungen
sind so kostbar.

Neuland

Neuland

Das bist du
geboren auf einem Eiland
drum herum erste Vordünen
in der Mitte der Lebensbaum
daran vertäut dein Boot

Der Wind und die Wellen
bilden Weißdünen, der Strandhafer wächst
ein Hafen entsteht,
formt sich um das schaukelnde Boot
Sand und Strandgut bilden deine Landesgrenzen

Die Seevögel
lassen sich im Geäst nieder
bringen Pflanzensamen im Gefieder mit
von diesen uralten Gewächsen
wurzeln und lassen eine wunderbare Spielwiese entstehen

Das bist du
Forscher und Burgenbauer
Erkunder und Blumenpflücker
Versteckspieler und Klettermax
Entdecker und Muschelsammler

Der Wind und die Wellen
wiegen dich in deiner Kajüte
bei hohem Wellengang
schaukelst du in der Takelage
mit einem Juchzer voller Glück

Die Seevögel
singen dir Lieder
bis du sie mitsingen kannst
und der Wind hörst du wie er dir
leise etwas ins Ohr flüstert

Das bist du
der das erste Mal voller Erwartung
sein Gepäck an Bord bringt
das Boot besteigt, das Tau löst
sich auf den Seeweg begibt

Der Wind und die Wellen
mögen dein Boot sachte schaukeln
dass du dich langsam
ans Navigieren gewöhnen kannst
und mögen sie dich abends noch heim bringen

Die Seevögel
mögen dich begleiten
dir ein Stück weit vorausfliegen
dich warnen bei Gefahr
ihre Melodien in deiner Nähe erklingen lassen

Das bin ich
der gesehen hat, wie deine Insel sich formte
den du an seine eigene Entdeckerzeit erinnert hast
der so viele Male um deine Insel kreiste
der wohl tausend Mal dein Boot auf Seetüchtigkeit geprüft hat

Der Wind und die Wellen verhindern,
dass ich mein Boot mit deinem vertäue
dass wir früher oder später mit Schaden zusammenkrachen
dass ich auf allen Wegen eng an deiner Seite sein kann
damit du deinen eigenen Seeweg beginnen kannst

Die Seevögel
habe ich gebeten, Ausschau nach dir zu halten
eine Brieftaube engagiert; die vielen guten Wünsche
die ich für dich hab, waren ihr zu schwer;
daher fliegt sie mit einer Dauereinladung zu dir

Das bin ich
der es trotzdem nicht sein lassen kann,
an deiner Insel vorbeizufahren, um zu schauen
ob du zuhause bist, ob dein Boot im Hafen liegt
und hofft, dich auf dem Seeweg auszumachen

Der Wind
flüstert mir zu, es sei an der Zeit
auf meiner eigenen Insel mal nach dem Rechten zu schauen
zu sehen, was alles gewachsen ist
mal wieder einen Spaziergang zu machen

Die Seevögel
bringen mir besonders schöne Muscheln an Land
ich ziehe die Gartenhandschuhe aus
das wird ein schönes Mosaik am Steg-
von Herzen wünsch ich dir eine gute Reise.

Ich wünsche dir

´ne gute Reise

Ich wünsche dir 'ne gute Reise

Mögest du mit beiden Beinen fest an Deck stehen
nicht ins Schlingern geraten
und wenn doch, schnell Halt an der Reling finden
vergiss nicht- manchmal ist es gut,
das Steuerrad festzuhalten

Mögest du immer Gefährten haben
nie alleine sein
und wenn doch, den Delfin bemerken, der längsseits mitschwimmt
vergiss nicht- manchmal ist
auch eine Walfontäne eine SMS

Mögest du gesund und munter bleiben
nie seekrank werden
und wenn doch, dich an der Horizont-Linie mit den Augen festhalten
vergiss nicht- manchmal ist
Stillstand nötig, denn auch du machst Wellen

Mögest du genug Anlegestellen haben
nie ratlos sein, wo du von Bord gehen kannst
und wenn doch, bereit sein, auf dir unbekannten Inseln Halt zu machen
vergiss nicht- manchmal ist es gut,
ein Stück weit eine Regatta mitzufahren

Mögest du immer klare Sicht haben
nie mitten im Nebel stecken
und wenn doch, die Lichter eines Leuchtturms erblicken
vergiss nicht- manchmal ist es gut,
die Treppe für einen klaren Blick von oben hinaufzusteigen

Mögest du immer genug Wasser unterm Kiel haben
nie auf eine Sandbank, auf Grund laufen
und wenn doch, möge es dir gelingen, dein Boot wieder anzuschieben
vergiss nicht- manchmal ist es gut,
auf den nächsten Wellengang zu warten

Mögest du unbeschadet raue See Überwinden
niemals dein Segel zerrissen sein
und wenn doch, mit Ruder und Wellen gut zur Insel gelangen
vergiss nicht- manchmal ist es gut,
bei Sturmwarnung rechtzeitig die Segel einzuholen

Mögest du immer deinen Weg finden
nie das Gefühl haben, im Kreis zu fahren
und wenn doch, eine Boje zur Orientierung sichten
vergiss nicht- manchmal befindet sich
etwas Wichtiges in dem Kreis, das du bisher übersehen hast

Mögest du immer ein heiles Boot haben; ohne Leck
niemals schiffbrüchig werden
und wenn doch, den Rettungsring an Bord ergreifen
vergiss nicht- manchmal braucht man
ein zweites Boot, was dein eigenes in die Werft schleppt

Mögest du ein wacher Kapitän sein
niemals auf Seemannsgarn hereinfallen
und wenn doch, auf den Grund der Wahrheit tauchen
vergiss nicht- manchmal ist es gut,
unter die Meeresoberfläche zu sehen

Mögest du die Schönheit des Meeres im Spiegelbild deiner Augen sehen
niemals dein Blick gebrochen sein
und wenn doch, unverhofft ein Korallenriff entdecken
vergiss nicht- manchmal ist es gut,
Entsetzen am Lagerfeuer mit-zu-teilen

Mögest du Inselfreunde finden
niemals auf einer Pirateninsel landen
und wenn doch, dein Schiff bereit zum sofortigen Ablegen sein
vergiss nicht- manchmal ist es gut,
dem Flüstern des Windes zu lauschen

Mögest du immer nach Hause finden
niemals der Weg zu deiner Insel versperrt sein
und wenn doch, mach gerne einen Umweg zu mir
vergiss nicht- manchmal ist es gut
zu inseln, und du hast Besuchsrecht auf Lebenszeit

Mögest du dich der Weite des Meeres stellen
niemals verloren sein mitten auf hoher See
und wenn doch, dann frage nach der Seekarte
vergiss nicht- manchmal ist es gut
zu wissen, dass es einen größeren Plan gibt.

Taucher

Taucher

Tief Luft holen
mit Schwung hinabgleiten
in die Tiefe
sehen, sammeln, staunen
bis zur Grenze bevor
man zu tief taucht
wie ein Funke
die Zeit zur Umkehr erkennen
bevor einem die Luft ausgeht
lebenswichtig
auftauchen zu diesem großartigen
Atemzug

Die Augen schließen
einfach absinken
in die Tiefe
die Sehnsucht
alles loszulassen
ganz ruhig zu werden
wie eine Luftblase
einfach im Meer zu verschwinden
dann ist Tauchen
gefährlich
vielleicht kein neuer
Atemzug

Die Muskeln spannen
der Sprung
in die Tiefe
und tief, tiefer, no limits
das Taucherglück herausfordern
um nicht unkontrolliert zu scheitern
wie ein Kick
ein Festhalten am Glück
dann ist Tauchen
gefährlich
vielleicht der letzte
Atemzug

Wagst dich
nicht mehr
in die Tiefe
ins Verschwommene, Ungewisse
den Blick gehoben, doch
die Augen gesenkt
wie eine Taucherglocke
lieber gar nicht mehr
baden und schwimmen
sicher
für den nächsten
Atemzug

Brauchst nicht
dich begeben
in die Tiefe
am Steg stehen
jeden Tag neu entscheiden
die Wahl haben
wie eine Freiheit
ob, und wann, wie tief
und denk an die
Erinnerung
an den großartigen
Atemzug...

       ...und hole tief Luft.

Meereswelt

Meereswelt

Wer bist du, Kapitän?
Bist du der, der seinen Kurs berechnet, bevor er losfährt
oder lässt du dich überraschen, wohin die Reise geht?
Hast du eine kleine Jolle
oder eine schicke Yacht?
Und: Was wäre dir lieber?

Wie bist du als Seefahrer?
Bist du der, der im Mastkorb sitzt für gute Übersicht
oder stehst du auf der Kommandobrücke?
Knüpfst du Kontakte auf See
oder bist du ein Inselhüpfer?
Und: Bist du hinter deinem Fernglas ein guter Beobachter?

Was bist du für ein Insulaner?
Bist du der, den man oft am Strand liegen sieht
oder läufst du Patrouille an deinen Landesgrenzen?
Hältst du dich oft im Inneren auf, bist selten zu erblicken
oder der emsige Gärtner mit dem grünen Daumen?
Und: Sitzt du oft am Steg, mit Blick auf das Meer?

Wie bist du Teil des Meeres?
Bist du der Taucher, der alles ergründet
oder Rückenschwimmer, die Sonne im Gesicht?
Wassertreter, immer spüren, dass unter dir Raum ist
oder Kraulen, in voller Bewegung und ziehst deine Bahnen?
Und: Lässt du gerne die Füße im Wasser baumeln?

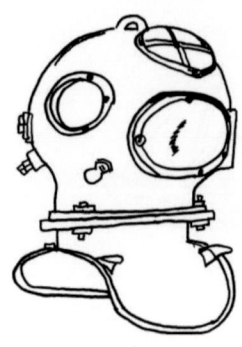

Du bist GANZ SCHÖN VIELE.
Du bist nur so vorsichtig geworden
lebst mit 1000 Sicherheiten
Navigator, Tempomat, Alarmanlage, Taucherhelm
dabei kann man schon mal vergessen
zu navigieren, zu reisen, zu inseln, zu planschen in den

Meereswelten

Lachmöwe

Lachmöwe

Kennst du dieses Gefühl,
immer gegen den Wind anzusegeln
und egal, wo du Unkraut mühsam entfernt hast
wächst es an der anderen Seite wieder heraus
und je verbissener du ruderst
und je eifriger du jätest
umso mühsamer
umso ermüdender
umso erfolgloser
scheinen deine Bemühungen
manchmal wirkt es gar
als würde der Gegenwind noch zunehmen,
als würde das Unkraut extra schnell wachsen
als würde die Seemöwe über dir
sich in eine Lachmöwe verwandeln
sich noch lustig machen   über dich

Aufhören.

Deine einzige Chance ist, damit aufzuhören.

Tust du es nicht,

wirst du vor Erschöpfung zwischen deinen Rudern

einschlafen und dich wundern, wo du wieder erwachst

Spätestens wenn du die Lachmöwe hörst,

heißt es:

Den Anker setzen.

Die nächste Flaute kommt bestimmt.

Die Ruder loslassen.

Die verkrampften Hände schütteln, die Schwielen eincremen.

Dein Fahrtziel überdenken.

Ist genau in den Gegenwind gerade die richtige Richtung?

In dein Logbuch schreiben.

Dich auf den neuesten Stand bringen,

die leeren Seiten der vergangenen Zeit füllen.

Aufhören.

Nimm nicht noch die Wut, um weiter zu jäten.

Tust du es doch,

wirst du auf deiner Insel nichts mehr entdecken

können außer Unkraut, Unkraut und Unkraut.

Spätestens wenn die Möwe lacht,

heißt es:

Gejätet werden erstmal nur noch Disteln.

Was schön aussieht oder blüht, ist kein Unkraut.

Den Rücken strecken, Blick zum Himmel.

Diese Möwe mal genauer anschauen.

Mit der Wut gegen einen Stein treten.

Wetten, er fällt in ein Gebüsch, das dir gar nicht aufgefallen war.

Die Trampelpfade entlangbummeln, Vielfalt entdecken,

man sagt: Wer mit seinen Pflanzen spricht,

                    dem wachsen sie gut.

Horizont

Horizont

Es mag sein,
dass dein Boot, deine Insel
plötzlich meinem Blick entschwunden sind
nicht mehr aufzufinden
wie weggebeamt

Ich segle vorbei
und die leere Stelle im Ozean
wo du so oft vom Strand hinüberblicktest
ist mir so vertraut, schon hatte ich
meine Hand erhoben, um dir zu winken

So winke ich nur den Wellen zu
und einer Möwe, die sachte darauf schaukelt
unfähig zu begreifen; zu akzeptieren
dass mein Wissen und mein Verstand so begrenzt sind
warum nicht jede Seemeile mit dir genossen

Deine ganz spezielle Art zu segeln,
dein Steg, dein Urwald, der lange Strand
dieser Baum auf meiner Insel, weiß noch genau
wie du die Kastanie in meine Hand legtest
glaub mir, ich werde ihn gießen

Es mag sein,
dass mein Boot, meine Insel
plötzlich deinem Blick entschwunden sind
nicht mehr aufzufinden
wie weggebeamt

Du segelst vorbei
und die leere Stelle im Meer
wo ich so oft die Beine vom Steg baumeln ließ
schau nicht so genau hin
schließe lieber die Augen und sieh mich winken

Stelle dir vor, dass ich den geheimen Weg gesegelt bin
mitsamt Insel, die jetzt angrenzt
und ein Teil wird von diesem wunderbaren Land
mein Segel möge mein neues Gewand sein
und das Holz vom Boot auf dem Spielplatz der Kinder

Halte eine Hand ins Wasser, spüre die Strömung
halte nach Schätzen Ausschau; ich hab dir etwas dagelassen
höre das Wispern im Wind — „Wiedersehen"
Bis dahin hast du noch ein Logbuch zu füllen
und vergiss nicht, zu gießen

Es mag sein,
dass wir beide eines Tages
Seite an Seite segeln, mit Blick auf die Wellen
schaukelnd uns Trost-Spiegelungen ansehen
wie eine Fata Morgana auf dem Meer

Wenn wir sie mit dem Herzen sehen, ahnen wir: Es gibt
Größeres, als wir -auch mit Blick in den Himmel- sehen könnten
Tieferes, als wir - auch mit Taucherhelm- tauchen könnten
Ferneres, als wir -auch mit Fernglas- erblicken könnten
Weiter als unser Horizont, egal wie weit wir segeln.

Woher käme sonst das Sehnen,
wofür die Erinnerungsbilder, die das Herz wärmen
und es -auch ohne Blick über die Meereswelten-
vage ahnen lassen, was Unendlichkeit ist.
-jenseits dieses Horizonts.

Wellenritt

Wellenritt

Du hast gelernt, zu kreuzen
angewöhnt, dich gut durchzulavieren
aber wenn du den Wind im Rücken spürst,
so stark als wenn er dich anschubsen wollte,
dann steuere hoch auf den Wellenkamm
und du erlebst im Punkt der Zeit eine Klarheit
in der du genau weißt; wer, wie, und warum,
wie eine Zeitlupe des Glücks
und die Sonne bricht durch
dann reite diese Welle
Nutze den Moment und halte den Augenblick

Sei ansteckend
nicht wie ein Einsiedlerkrebs
lass dich ein auf das Spiel des Lebens
die Bewegung im Auf und Ab der Wellen
im Gesang der Gezeiten
und du erlebst im Raum der Zeit das Abenteuer der Lebendigkeit
und erfährst wieder; woher, wohin, und wozu,
wie eine Zeitlupe des Mutes
und die Sonne bricht durch
dann reite diese Welle
Halte den Moment und teile den Augenblick

Gemeinsam Wellenreiten,

eine große Bugwelle produzieren

die Boote tanzen auf dem Meer

auseinandergleiten und wiederfinden

wechselnd im Windschatten fahren

und du erlebst im Los der Zeit

einen nautischen Paso Doble;   wo, was, und wann

wie eine Zeitlupe der Achtsamkeit

und die Sonne bricht durch

dann reite diese Welle

Teile den Moment und genieße den Augenblick

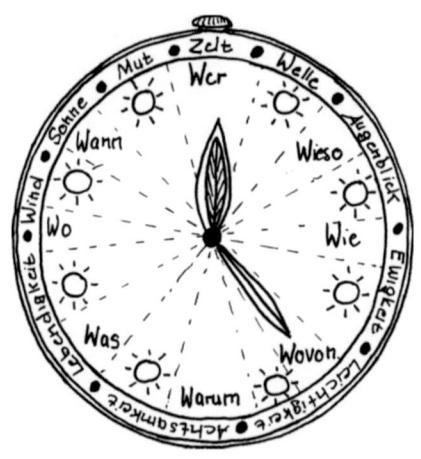

Fahrt herausnehmen
das Boot gleitet über die Wellen
auf Deck sitzen, die Augen schließen
mitfahren im Karussell der Strömungen
schaukeln mit Leichtigkeit
und du erlebst im Wandel der Zeit einen Stillstand
fantastische   wieso, wovon, und woran,
wie eine Zeitlupe der Ewigkeit
und die Sonne bricht durch
dann lass dich noch ein bisschen treiben
Genieße den Moment und bewahre den Augenblick.

Flaschenpost

Flaschenpost

An der tiefsten Stelle deiner Insel
ist das Tal der Tränen.
Hast du es schon entdeckt?
Alle Tränen, die du geweint hast,
sind in dieses Tal geflossen
diese Mulde, die einen warmen, weichen
Boden hat, wie ein Flussbett
und die Tränen steigen daraus auf
in einer Verdunstung weit nach oben
treiben wie ein Wolkenfetzen am Himmel
bis sie der Wind in die Ferne verweht
sammeln sich mit anderen zu einer großen Wolke
und wo sie schwer wird, regnet sie herab.

Manche Insulaner haben ihr Tal entdeckt
und sind erschrocken ob des kahlen Flecks in ihrer Landschaft,
manch einer hat schon probiert, es mit Strandsand zu füllen
-vergebens, wie ein Treibsand ist es immer wieder,
gleich einem Trichter, abgesackt
und geblieben ist nur der Kalk, wie eine Bitterkeit
andere haben versucht, es zu bewalden; anzupflanzen
aber es wuchsen lediglich Wurzeln, breiteten sich aus
und schlammig und trübe wurde der Grund,
in dem die Tränen zwischen den Wurzeln hängen bleiben
-nicht mehr begehbar, und die Trauer
breitet sich aus zu einem Moor
Was für ein Irrtum

Weißt du nicht,
dass deine Tränen woanders Wasser spenden,
zum Salz der Erde werden?
Dass das, was du tust, weit über
deine Insel hinausgeht, über deinen Horizont?
Dann mache einen Versuch:
Nimm alles, was du dir wünschst,
dein Lachen und dein Sehnen
und schreibe es auf als Liebesbrief
diesen rolle und stecke ihn in die leere Weinflasche, verkorke ihn
segle hinaus und wirf sie über Bord
übergib deine guten Wünsche dem Meer,
sende sie in die Welt

Wenn diese Flasche irgendwann
wieder angespült wird an deinem Strand
dann sei nicht erbost; denke nicht
es sei umsonst gewesen,
vergebene Liebesmüh; sondern
schau sie dir an, der Korken
hat schon einige Dellen – ziehe ihn heraus
und das Blatt Papier ist an einigen Stellen
schon dünn, vom vielen Falten,
zerknickt und zerlesen–
es ist niemals umsonst; und siehst du,
deine guten Wünsche
kehren zu dir zurück.

Sei nie verzagt,
dein Tal der Tränen aufzusuchen
öffne deinen Stift und dein Herz
und sende deinen Liebesbrief in die Welt
Siehe, alles ist ein Kreislauf
die Welt bewegt sich in einem
Meer der Tränen und guten Wünsche
bis zur kleinsten Schaumkrone bestehend
aus dem, was den Namen Liebe trägt
und du bist ein Teil davon, der
diese große Meereswelt in Bewegung hält;
auf dass sie nicht erstarre
zu einer Wüste, der jeder Zauber fehlt.

Schwimmende

Insel

Schwimmende Insel

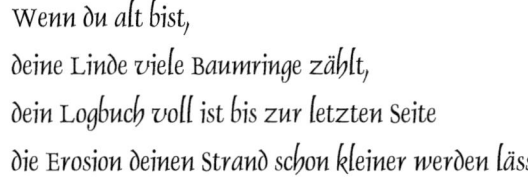

Wenn du alt bist,
deine Linde viele Baumringe zählt,
dein Logbuch voll ist bis zur letzten Seite
die Erosion deinen Strand schon kleiner werden lässt

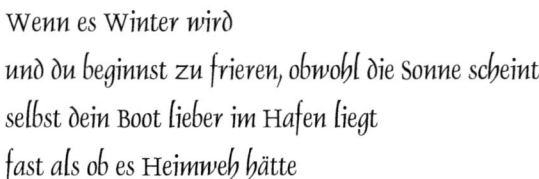

Wenn es Winter wird
und du beginnst zu frieren, obwohl die Sonne scheint
selbst dein Boot lieber im Hafen liegt
fast als ob es Heimweh hätte

Dann wünsche ich dir
eine schwimmende Insel
die sich langsam löst aus ihrer Verankerung im Meer,
Reisevorbereitungen, gesammelte Schätze ins Wasser gestreut
eine Nachsendeadresse — „ich bin weg"
und eine ruhige Reise unter klarem Sternenhimmel
weit, weit nach Süden, weiter als die Landkarte
auf dem geheimen Weg, den keiner kennt und trotzdem jeder finden kann.

Eines Tages...

<u>Außerdem erschienen von Dortje Anders:</u>

Eine Gespenstergeschichte

www.eine-gespenstergeschichte.de

August 2010

Herstellung & Verlag:

Books on Demand GmbH, Norderstedt

ISBN 978-3-839-18257-4

„Die Gespenster hausen nicht in alten Schlössern.
Sie stecken in uns selbst." (Luigi Pirandello)

Dies ist die wahre Geschichte einer Befreiung.
Eine Lebensgeschichte, weil das Leben ohne Gespenster so lebenswert ist.

Ein realer Krimi, ohne Indizien und Beweise, ohne Tathergang,
ohne Täter-, Opfer- und Tatortbeschreibung.
Und dennoch werden Sie den Gespenstern so nahe sein, wie nie zuvor.
Lassen Sie sich ein auf eine bewegende Reise voller Metaphern und
Entdeckungen.
Ein Plädoyer an die Seele. Für die Liebe. Für ein Verständnis. Für den
Glauben. Für den Mut. Für das Leben.
Mit farbigen Illustrationen von Antonia Mitte.